D1244578

Je suis capable!

C'est bien d'être écolo!

À Albert et Clovis. — D.P.

Catalogage avant publication de Bibliothèque et Archives Canada

Pelletier, Dominique, 1975-, auteur, illustrateur
C'est bien d'être écolo! / Dominique Pelletier.

(Je suis capable!)
ISBN 978-1-4431-5922-7 (couverture souple)

1. Recyclage (Déchets, etc.)--Ouvrages pour la jeunesse. 2. Économies
d'énergie--Ouvrages pour la jeunesse. 3. Déchets--Réduction--Ouvrages
pour la jeunesse. I. Titre. II. Collection: Pelletier, Dominique, 1975- . Je suis capable!
TD792.P45 2017   j363.72'8   C2016-905582-5

Édition publiée par les Éditions Scholastic, 604, rue King Ouest, Toronto (Ontario) M5V 1E1.

5 4 3 2 1   Imprimé au Canada 119   17 18 19 20 21

Je suis capable!

C'est bien d'être écolo!

Dominique Pelletier

Éditions SCHOLASTIC

Je m'appelle Olivia...

Je m'appelle Gustave...

et je peux

Planter
un arbre?

Je suis capable!

Composter?

Je suis capable!

Fermer le robinet lorsque je me brosse les dents?

Je suis capable!

Faire sécher le linge à l'extérieur?

Je suis capable!

Faire un jardin?

Je suis capable!

Recycler?

Je suis capable!

Éteindre les lumières lorsque je quitte une pièce?

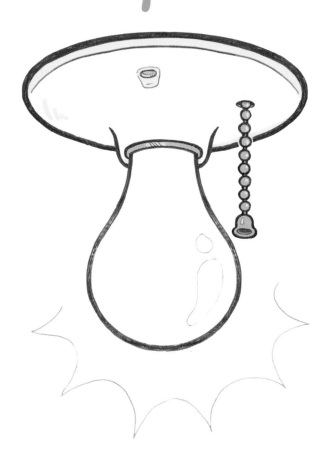

Je suis capable!

Nous pouvons tout faire!

Sauf nous passer de chauffage pendant l'hiver!